The Bébé

ARIEL ROSETTI

«Le Bébé»

Les séries TO LIVE et DIE

Ariel Rosetti © 2020

Une Novella d'amour, de don, de sacrifice et de danger

Conception de couverture : Canva.com

LE LIVRE ASSASSIN 8

LIVRE ITALIEN HORIZIONS 9

DEDICATION

POUR TOUS LES PROFESSIONNELS DE LA SANTÉ

QUI ONT FAIT L'ULTIME

SACRIFICE PENDANT CE TEMPS.

Prologue

Quatre mois après le mariage, Angélique attendait son premier enfant avec Xavier. La famille était ravie, et elle et Xavier ont reçu de bons voeux de tous ceux qui excluent son beau-père. Étant donné qu'elle n'était pas loin le long de sa grossesse, sa vie a continué dans sa mode normale. Souvent, elle et Xavier allaient à cheval le matin.

Angélique a connu un accident d'équitation quand un renard s'est enfui sous les branches d'un grand buisson de sol. Il a causé l'animal de fuir dans l'effroi. Le cheval galopa à travers le champ ouvert sauvagement. Elle n'a pas été en mesure de le contrôler, ce qui a finalement détrâté ses actions de sa selle. L'accident lui a fait perdre son enfant. Peu de temps après, un nuage de dépression a inondé ses émotions persistantes pendant des semaines. Après avoir perdu le bébé, les semaines passèrent malheureusement. Pour aggraver les choses, son conjoint n'a cessé de s'éloigner d'elle. Souvent, Xavier la la laissait seule pendant des jours à la fois sans qu'elle sache avec qui il était ou où il était allé.

Mais pas intimement, comme il a essayé quand c'est possible de l'obtenir avec un bébé une fois de plus. Elle savait qu'il était amer de la perte de leur enfant. Il a réglé le blâme de l'accident sur elle en disant qu'elle aurait dû être en mesure de contrôler la monture à juste titre. Elle le suivait jusqu'à la pouponnière. C'était peu de temps après qu'il l'ait laissée seule dans l'énergie solaire. Elle entra dans la belle mais deathly pépinière silencieuse pour le réconforter. Sa femme l'a trouvé regardant fixement le berceau vide. Ils l'avaient placé devant la cheminée. Croire que son placement garderait le bébé au chaud les nuits froides.

Il a toujours ignoré sa présence comme elle se tenait à côté de lui. Même si par hasard elle toucha son bras pour apaiser sa douleur solitaire. Il ne la reconnaîtra jamais. Au lieu de cela, il s'est détourné, puis a pris d'assaut hors de la salle. Il se retira à son étude, voulant être seul. Mais elle savait que le temps guérissait de nombreuses souffrances. Son conjoint pourrait en temps voulu se remettre de son chagrin. Elle avait été abandonnée par Jarrod, mais elle avait constamment pleuré et désiré sa compagnie aimante. Se souvenant souvent de leurs jours merveilleux ensemble avant qu'elle n'épouse son fils. Ils ont invité le prince pour des dîners avec leurs amis. Ou pour les rejoindre pour un repas de famille. Mais il n'y avait pas de mots de communication de sa part.

Chapitre 15 Un nouveau jour

Angélique se baignait alors habillée sans l'aide de sa femme de chambre ce matin-là puisqu'elle était allée voir Mme Cliveson sa grand-mère. La femme plus âgée dont Angélique se souvenait était la cuisinière de Jarrod qui lui avait envoyé de la confiture de prunes le jour où il lui avait donné son alliance. Aujourd'hui, elle portait une robe en soie couleur lime avec le cou bordé de dentelle portugaise blanche étroite. Elle a disposé ses cheveux en une longue tresse, les ornant de petits fermoirs bijoux.

Affamée, elle a fait son chemin en bas à la cuisine que l'arôme de la nourriture du petit déjeuner en cours de préparation l'a attirée là-bas. Entrant dans la cuisine, elle vit son cuisinier travailler au poêle en fonte. Elle était occupée à brouiller les oeufs jaunes. « Bonjour, votre Hauteté, comment vous sentez-vous ce matin? La grande femme demanda en regardant sa maîtresse qui se tenait à côté d'elle en regardant comme elle cuisinait. Je vais très bien aujourd'hui, je dois l'admettre, a-t-elle relayé joyeusement. Avez-vous des plans précis pour aujourd'hui, Milady? « J'envisageais de travailler sur ma tapisserie, mais je vais faire une longue promenade à la place le temps est parfait.' Tôt ce matin-là, elle avait regardé par la fenêtre de sa chambre pour vérifier le temps. Angélique s'est rapprochée de la cuisinière en observant la façon dont elle avait préparé des tranches de jambon dans la poêle. L'arôme de la cuisson de la viande fumée lui a fait de l'eau à la bouche.

Milady savez-vous cuisiner », a demandé Mme Dobbs par curiosité puisque la princesse la regardait souvent pendant qu'elle préparait beaucoup de ses repas. Non, seulement ce que je t'ai vu préparer, elle a dit de regarder ses muffins de blé entier grillés avec des raisins secs dodus pour son petit déjeuner. Peut-être que je peux vous donner des

leçons si vous trouvez cela agréable,
Milady la femme a demandé. Par tous
les moyens Angélique a déclaré
sourire heureux. « On ne sait jamais
quand quelque chose comme ça
pourrait être bénéfique, dit-elle au
cuisinier. Ils ont convenu que ses
cours de cuisine commenceraient la
semaine suivante le lundi matin.
Après avoir déjeuné sur des œufs, du
jambon frit, des muffins grillés au
beurre, de la confiture de framboises,
du chou frit et du thé, elle a quitté la
maison. Elle se promena
paisiblement dans les bois pour se
détendre. Elle a suivi une voie
inconnue cette fois se sentant
aventureux. Angélique s'était
familiarisé avec les bois et pouvait

rentrer chez elle sans se perdre. Tout en se promenant dans les bois, émerveillée par la végétation verdoyante, elle a trouvé la région belle. Angélique a découvert qu'elle était sur un chemin, mais ce n'est pas une bonne route. Il n'a pas été utilisé dire par le nombre limité d'ornières de roue et sabots de cheval dans la saleté. En marchant plus loin, il divergeait dans une route fourchue. Elle a décidé qu'elle se rendrait à gauche. La curiosité agita son imagination en lui faisant se demander ce qu'il y avait de l'autre côté de la colline. Désirant monter l'inclinaison, elle s'est déplacée. En se rapprochant du bord, elle a remarqué que le gradient a chuté. Elle monta la colline plus loin que s'arrêta. Elle était venue sur un domaine tentaculaire. C'était au bas de la colline d'où elle se tenait, émerveillée.

Chapitre 16 Le Manoir

La résidence était imposante et splendide. Elle n'a jamais su que cette maison existait ou le fait qu'elle était si proche du chalet de Xavier. Il n'avait jamais dit qu'il était là. Cela l'a confondue que son mari ne l'avait pas informée d'un fait aussi important. Il y avait des voisins à proximité qui pourraient éventuellement les aider en cas d'accident ou de mésaventure au chalet. Elle regardait avec un vif intérêt. Angélique a noté que le domaine bourdonnait d'une activité considérable. C'est parce que le personnel a effectué diverses tâches, près de l'avant de la maison et ailleurs sur le terrain. Elle a concentré ses yeux sur une énorme écurie qui était un blanc immaculé et un bâtiment bien fréquenté en raison de son apparence impeccable. Angélique a vu jeunes garçons d'écurie menant deux chevaux splendides vers leurs stalles, sur un chemin de terre sinueux. Son attention s'est concentrée sur plusieurs jardiniers qui transportaient des outils de travail tels que des râteaux et des pelles alors qu'ils s'étaient précipités vers un immense jardin clos. Les jardins y ont tenu un éventail impressionnant de fleurs colorées éblouissantes et quatre fontaines d'eau jaillissantes dans des formes chérubins et amphibiens. Elle a pris un long aperçu de lui souhaitant qu'il était à elle de prendre soin de.

En regardant ailleurs, son attention s'est concentrée sur la résidence principale. L'habitation était un grand « géorgien », pouvait-elle dire sur la base de sa magnifique architecture. Son esprit étant immergé dans le style du manoir et le nombre de chambres qu'il tenait, elle n'avait pas entendu l'étalon et le cavalier sortant de la route principale. Ils ont manœuvré la voie circulaire menant à la porte d'entrée, de la maison. Elle regardait fasciné en raison de leur apparence inattendue. Angélique a fait un pas de plus en essayant de déchiffrer l'identité du coureur.

Réalisation du chapitre 17

L'étranger est descendu de l'Étalon donnant les rênes du cheval à un garçon stable qui s'inclina devant l'homme puis l'attendit. C'est alors qu'elle reconnut l'homme comme étant Jarrod le prince, son amant. Elle s'approcha du bord de la colline en le regardant avec un regard d'incrédulité et de consternation sur son visage. Tout ça parce qu'il avait vécu si près de leur chalet depuis le début. Elle secoua la tête dans l'incrédulité. Angélique se demandait pourquoi il avait gardé cette information

Secret.

Beaucoup de ses émotions fluctuaient alors que son cœur battait dans sa poitrine avec enthousiasme tout en l'observant. Mais quelques instants plus tard, elle a éprouvé un profond sentiment de misère rongeant l'emporter sur ses sentiments de plaisir. Parce qu'elle avait agonisé pour lui pendant de nombreuses semaines. Angélique a continué à le regarder comme il se précipita vers le haut des marches menant à la porte d'entrée. Puis il se retira à l'intérieur du manoir claquant la porte fermée. Elle a chuté à genoux et sanglotait pliant les bras autour de son corps mince s'apaisant et se mettant à la fuite de son chagrin pour lui. Elle a refusé de regarder le manoir à nouveau. Au lieu de cela, elle se leva, se détourna maintenant progresser vers sa maison. Elle se trouvait à 800 mètres de la succession de son père lorsqu'elle a entendu de forts bruits s'écraser à ses oreilles de l'intérieur de la brosse. Ses nerfs étaient encore crus de la perte de son bébé et manquant la passion de Jarrod.

Angélique a commencé à fuir, pensant que c'était un sanglier qui la poursuivait comme elle s'était souvenue d'avoir vu deux d'entre eux rutting loin dans les bois un jour. Mais maintenant, elle a couru plus vite étant terrifié que les bruits de battement derrière elle intensifié. Osant ne pas regarder en arrière, mais elle a identifié le cliquetis. Elle se rend compte maintenant que c'était la cacophonie des sabots d'un cheval galopant à travers le pinceau. En outre, à son audition de la respiration laboriée de l'animal et le jingle de son harnais en cuir.

La curiosité l'obligea à regarder par-dessus son épaule, les yeux grands dans la peur. À cause de l'inconnu, elle verrait derrière elle. C'est alors qu'elle vit que c'était le père de Xavier sur son étalon avec un regard de pure détermination sur son visage. Elle n'a jamais cessé de courir comme il a dirigé le cheval à ses côtés. Il s'est étiré, puis l'a descendue comme un oiseau arraché des airs capturé dans le filet d'un receveur. Tiré de ses pieds, il l'a ensuite amenée sur le étalon avec lui. C'est alors qu'il avait attiré son cheval à un tel arrêt inattendu en tirant en arrière sur les rênes. Ses actes soudains ont incité le cheval à pleurnicher dans la surprise.

En issant ses poings, elle les a dégringolés sur sa poitrine. Et pendant tout ce temps, elle a essayé d'obtenir la libéra tion immédiate de sa prise tenace. Mais il la tenait à son cadre robuste étudiant ses expressions faciales. Il est resté immobile ne parlant pas comme son poing pleuvait coups sur sa poitrine. Son amant a tendu pour le repousser hors de sa demande de libération se souvenant comment elle avait souffert. Le prince saisit une poignée de sa magnifique crine blonde, tira la tête en arrière dur, puis il l'embrassa sur sa bouche pour la plus longue période. L'appétit charnel de Jarrod pour elle s'est enflammé leurs lèvres se sont rencontrées. À cause de cela, leurs actions l'enflammaient pour son amour passionné et ses envies pour lui. Son chagrin a fondu après que ses lèvres pleines ont atteint la sœur dans leur demande saisissante pour son amour. Elle gémit sous son baiser, comme plus tard un gémissement doux échappé à sa gorge. Elle a poussé son corps à son dans son désir furieux pour lui, rappelant comment ils s'étaient aimés dans le passé.

Il a déchiré de son baiser démonté et la saisissant vers le bas de la selle. Il l'a déplacée vers le sol après avoir serré sa taille minuscule dans ses mains. Ils se regardèrent, pâles et tourmentés, mais il ne s'était

pas détourné d'elle alors qu'elle
continuait à le regarder. Le prince
Jarrod saisit son corps pour qu'il
l'embrasse à nouveau. Il l'a attirée
dans la prairie avec lui. Sa tête
s'installa sur la croissance dense de
l'herbe alors qu'ils s'y reposaient
tranquillement.

Angélique secoua la tête se sentant
mélancolique intense, lui disant:

« J'ai vécu l'enfer ces derniers
mois parce que tu m'as tellement
manqué », lui a-t-elle communiqué,
alors que ses paroles étaient audibles
juste au-dessus d'un murmure. Il
regarda ses yeux se remplir de
larmes, mais ils ne tombèrent jamais
d'eux apparaissant comme si leur

couleur bleue flottait dans un lac cristallin.

Son expression faciale s'est déplacée à un de la colère extrême. Angélique a retourné les larmes en lui disant: Je t'aimerai jamais, Jarrod, même si je suis mariée à ton fils, elle a crié de rage cette fois. Sa beauté s'est serré le mot « Fils » par ses dents serrées dans son dégoût de son mari, et les choses choquantes qu'il lui a fait. Voulant lui gifler le visage pour tout ce qu'il lui avait fait en l'abandonnant, elle et leur amour, au lieu de cela, elle se leva. Mais à cause de la perte de leur échange sincère d'amour ardent véritable qu'elle désirait, elle a convoqué ces souvenirs à son esprit tous les jours alors qu'elle était seule. Par conséquent, elle le convoitait car il était son premier amant et la perte de lui a toujours fait sa colère s'intensifier. « Je n'aime pas Xavier qui me maltraite et me tourmente dans nos chambres, de sorte que j'auras son enfant. Je supporte ce qu'il me fait parce que je suis mariée à lui à travers les lois de l'Église et du royaume, c'est la seule raison », s'écria-t-elle les yeux clignotants, les lèvres tordues en distain, poussés par une amertume intérieure incalculable. Ils qualifient ses émotions hostiles pour son mari qu'elle méprisait.

Il classait ses actions et ce qu'il avait fait, il se leva. N'étant plus en mesure de résister à son intense

passion pour lui, elle courut vers lui et

encercla ses bras autour de son cou.

Ce moment, elle l'embrassa en

retour, apportant ses lèvres à ses

joues fraîches. Son corps flamba pour

lui alors qu'il la saisit à lui dans son

empressement à la sentir contre lui

une fois de plus. Il n'était pas

surprenant qu'il ait montré des désirs

contraires aux sœurs après leur

longue séparation. Ses mains

tremblaient en soulevant l'ourlet de

sa robe de soie verte révélant

maintenant des jupons de dentelle

blanche à sa vue. Soulevant le doux, il

observa sa nudité sous ces

vêtements. Il déboutonné ses

pantaloons faisant ressortir sa partie

privée. Ils se sont allonger ensemble sur le gazon. Se déplaçant sur le dessus de son corps prêt à entrer en elle, elle s'est tordue loin de lui tout à coup le poussant loin d'elle. Debout, elle le regarda longuement. Jarrod réajusta ses vêtements et boutonnant son pantalon, embarrassé : « Qu'est-ce que tu me considères être ? elle a remis en question froncer les sourcils à lui dans la désapprobation? Peut-être, vous me considérez comme votre prostituée? Surtout quand vous êtes excité, même si vous m'avez abandonné, vous vous attendez à revenir et m'avoir? C'est comme ça ? elle ricanait.

Angélique l'a laissé marcher à une courte distance. Après un certain temps, elle se déplaça dans sa direction pour lui faire face une fois de plus. Elle avait besoin de lui donner des détails sur sa vie qui lui était arrivée pendant son absence. Mais à son inso reste inconnu, il avait déjà appris tous les détails violents des incidents survenus dans la résidence de son fils. Et ce qui s'est passé entre eux la nuit dans leur chambre. Jarrod a admis qu'une fois qu'il avait entendu les détails révoltants de leurs moments les plus intimes, tout avait changé dans son cœur envers son fils. Dans son esprit, il a diverti au moins huit façons alarmantes qu'il pouvait massacrer le garçon. En outre, connaître sa soif

d'or et de florins le déshéritant était

encore une option dans son esprit.

Mais surtout à cause de ses actions

maléfiques continues contre

Angélique. Il a obtenu des

informations par l'intermédiaire de

leur cuisinière, Mme Dobbs qu'il avait

embauchée personnellement avant

l'arrivée d'Angélique pour son

mariage. Il avait payé la femme très

bien pour qu'elle observe et lui

rapporte tout ce qui s'est passé dans

la maison de son fils. Pour conjurer

toute conjectures en son nom,

Jarrod avait fait cela non

seulement pour lui-même, mais pour

son bonheur. Quand il l'avait vue

sortir de sa voiture, il avait étudié sa

beauté et sa grâce étonnantes qui ont

suscité à la vie des passions hérissées

pour elle en lui qu'il n'aurait jamais

dû divertir dans ses pensées.

Pourtant, sa profonde estime pour

elle était principale. Mais

maintenant, en regardant son étalage

de rage, il a admis qu'il n'avait jamais

connu ce côté de son tempérament.

Cela fait si longtemps qu'ils étaient

ensemble, mais aucun mot

désagréable n'a jamais été mis au

jour entre eux dans le passé.

<u>Chapitre 18 Plans d'avenir</u>

Il a examiné ses pensées

intérieures en se demandant, l'a-t-

elle encore amoureux? Mais quelle

que soit la réponse par hasard que ce soit en sa faveur, il a laissé Xavier et elle seuls pour le bien de leur nouveau mariage. Mais toujours en sachant qu'il l'aurait comme sienne et qu'il l'aurait vue un jour. Mais peu de temps après le procès de Xavier et son incarcération pour abus, viol et tentative de meurtre. Jarrod savait qu'il devait attendre que Xavier soit mort par la hache ou suspendu à la potence. Quelque chose dans son esprit intérieur l'a forcé à faire la chose honorable avec une conscience claire.

Pour permettre à leur mariage de réussir ou de patauger. Mais pas à cause de son influence ou de son ingérence extérieure. Il croyait qu'ils devaient apprendre s'ils étaient compatibles dans le mariage, faire l'amour et les bébés s'ils pouvaient le faire. Il n'a jamais voulu être l'entité qui les séparait. Jarrod a donc laissé la nature suivre son cours.

Cependant, alors qu'il était dans ses chambres, alors qu'il gisait dans l'obscurité et la solitude de la chambre à coucher, son corps et son âme appelaient à ce qu'elle soit avec lui. A part lui se souvenant de tout ce qu'il avait fait à et avec elle quand ils ont fait l'amour. Incontestablement, elle était la seule femme qui l'avait conduit à l'amour authentique et à l'harmonie sexuelle.

Ses pensées sont restées instables jusqu'à ce qu'une hirondelle s'élève

soudainement au-dessus d'eux.
L'oiseau s'envola des immenses
branches d'un arbre volant vers l'est.
Mais il a rapidement disparu dans le
ciel rose et safran coloré. La clameur
stridente était alarmante à leurs
oreilles, car elle saisit toute leur
attention, les forçant à regarder vers
le ciel. Ainsi, la distraction immédiate
de l'oiseau dispersa ses sentiments
de rage et de douleur. Mais pas le
sien des désirs passionnés brûlants
qui faisaient rage à l'intérieur de son
corps.

Elle se retourna et une fois de
plus ses yeux le regarda où il gisait sur
l'herbe, la regardant. Il l'a ravie qu'ils
étaient ensemble une fois de plus, et
elle a déclaré dans son cœur qu'elle

ne dirait pas d'autres mots
acrimonieux. Angélique le vit se lever
et marcher vers elle. Un frisson
traversa son corps alors que les
facettes violettes du diamant dans
ses yeux saphir se déplaçaient
lorsqu'elle le percevait. Ils ont montré
de minuscules points de couleurs
jaunâtre-orange brûlantes en eux, ce
qui l'a fait s'interroger brièvement à
ce sujet. Ses yeux sont restés
cagoulés avec un appel ardent chaud
en eux pour elle.

Angélique s'envola vers lui,
enveloppant ses bras étroitement
autour de son corps, mais elle ne
savait jamais à l'instant où leurs
lèvres se rencontraient. Sans
avertissement, elle a relâché son

emprise sur lui et lui a acheté son
poing serré sur son visage comme
dans un certain désespoir physique. Il
regarda confus et impuissant ne pas
comprendre ses actions. Elle jeta la
tête en arrière et cria son nom
comme dans l'angoisse. Jarrod
apporta ses lèvres à la sœur et
l'embrassa de façon écrasante
maintenant comment elle avait
pleuré pour lui en raison de son
absence prolongée délibérée d'elle.
Son cœur lui fait mal de voir dans
quelle mesure elle a souffert à cause
de son abandon d'elle.

Chapitre Xavier

Xavier a roulé à travers les bois sombres au galop sauvage. Constamment, il n'arrêtait pas de regarder en arrière en s'assurer qu'il n'était pas suivi par son père. Xavier avait fui le chalet, pour lui sauver la vie. Il a dû échapper aux coups sauvages de son père, et sa colère folle craignant qu'il allait le tuer. Le sang évadait sur les côtés de son visage et sa tête de nombreuses coupures et lacérations.

La nuit était sans lune et les chemins de terre devant lui étaient noirs comme le pas. Le prince grimaçait à cause des douleurs thoraciques aiguës qu'il souffrait. Dans sa rage, son père lui avait donné plusieurs coups de pied dans la poitrine. Les coups étaient devenus tranchants chaque fois qu'il avait déplacé son torse en selle ou quand il inhalait. Il était certain qu'il avait subi une fracture des côtes du fouet de son père. Xavier poussa ses chevaux sur le flanc gauche pour qu'il tourne à droite sur la route.

Entrant dans « Verood », il vit que la ville dormait, et les fenêtres étaient sombres. Xavier s'alarma quand un chien aboya avec garde alors qu'il passait devant l'une des vieilles maisons de clapboard. Il passa par une autre rangée de maisons, mais tous restèrent silencieux comme une crypte. Il leva les regarda vers les fenêtres supérieures de la maison suivante tous ont été fermés en toute sécurité. Ses habitants dormaient paisiblement sans savoir sa présence dans la rue.

Le prince trotta son cheval en direction d'une petite maison verte. C'était sur le côté gauche de la route debout sans être attaché des maisons du voisin. En arrêtant le cheval, Xavier a trouvé le démontage problématique, voire presque impossible. Parce que ses douleurs thoraciques qui s'aggravaient l'avaient laissé à bout de souffle. Enfin pêcher son corps convenablement cette action avait diminué sa douleur thoracique que très peu.

La douleur thoracique l'a fait mordre sur sa lèvre inférieure maintenant en tirant du sang. Xavier a dû se soulager de la selle lentement. Il se pencha dans l'obscurité alors qu'il se dirigeait le long du sentier menant à la maison. Peu à peu, il atteignit la porte d'entrée, à bout de souffle. Il a frappé à la porte en utilisant leur code secret. Il l'avait choisi pour des raisons de sécurité et pour elle. Parce qu'il venait souvent à la maison tard dans la nuit. quand il a commencé à lui rendre visite il y a des an nées. Xavier s'est affaissé contre la porte pour reposer son corps meurtrie. Néanmoins, son attente a été longue parce qu'elle dormait.

Elanor ouvrit la porte lentement en regardant autour du cadre avec prudence. L'heure était en retard, mais elle avait reconnu leur code, mais elle était toujours prudente. Xavier trébucha dans ses bras, sa démarche chancelait, et il respirait laborieusement.

Son amant était sur le point de crier après avoir vu son visage enseuré. Instantanément, il serra la main sur sa bouche pour étouffer ses cris. Xavier ne voulait pas que les voisins voisins soient réveillés par la clameur. Il savait que les ragots se répandraient rapidement qu'Eleanor divertissait les hommes chez elle, aux dernières heures de la nuit.

La maîtresse de Xavier enveloppa son bras autour de sa taille plus ferme pour qu'il ne tombe pas. Il était son monde et elle ne le laissait jamais dégringoler et souffrir, déjà il avait été assez blessé Ils étaient arrivés au canapé. Il fallait qu'elle l'assiste alors qu'il luttait pour s'allonger. Sinon, il ne serait pas en mesure d'atteindre les meubles recouverts velveteen sans son aide. Son corps lui faisait mal partout. Eleanor leva doucement la tête, plaçant un coussin sous elle. Ensuite, elle s'était précipitée pour allumer une grande lampe à huile sur une table à proximité. De retour aux côtés de Xavier, Eleanor le regarda en lui obtenant une vue de ses blessures.

Elle gémit lamentablement en prenant dans la vue de son beau visage couvert de coupures, ecchymoses et il a été complètement enseigé. Un cri douloureux lui échappa à la gorge. Elle savait que son beau visage ne serait jamais regarder ou être le même qu'avant. « Qu'est-ce qui vous est arrivé? Elle pria la question, pleurant pitoyablement, tombant à genoux à côté de lui. comme elle se précipita dans le bain. Elle retocha à Xavier portant plusieurs serviettes et un bassin d'eau chaude pour nettoyer le sang de son visage. Tout sauf tombant à genoux à genoux à côté de lui, Eleanor déboutonné sa veste, enlevé ses poignards, puis ses bottes. Mon père a failli me battre à mort, il était sur le point de me tuer avec son épée. les domestiques se mit à crier et pleurer de peur. leurs cris et leurs cris est le seul qui m'a sauvé, lui dit-il haletant pour l'air. Inhaler avait l'impression que quelqu'un tenant un couteau le poignardait. Les larmes cousaient sur les joues d'Elanor alors qu'elle fournissait des ministrations à ses profondes blessures faciales. Les domestiques pensaient que le père allait me tuer après qu'il ait dessiné son épée de Cutlass, le cuisinier priait et suppliait le père de m'épargner pendant que son aide pleurait, criait, et continuait,

Il a perdu la tête et la sensibilité; il était fou d'une expression étrange obscurcissant ses traits facial.

Je pouvais voir la soif de sang dans ses yeux pour me tuer parce que j'ai giflé Angélique, et enseilé sa lèvre. Mais je l'avais aussi rendue inconsciente jusqu'au sol », se gémissements-t-il. Quand le père est tombé en panne, il l'a vue gisant sur le sol de la cuisine inconsciente. Xavier cœur mal comme il a secoué son corps battu dans les deux sens. Believing que rien n'aurait pu venir entre lui et son père. Je veux divorcer, je ne supporte plus cette imposture de mariage. Angélique a été infidèle à ses vœux de mariage pour moi. L'enfant a été conçu quand j'étais absent. Mon père est le père de l'enfant.

De plus, j'ai cherché de l'aide et des réponses ailleurs au sujet de la grossesse d'Angélique. Je savais que c'était arrivé quand j'étais parti à « Ledfell » travaillant sur la construction du château. Par conséquent, quand je suis rentré chez moi, je suis allé visiter le « Gypsy Seers » oule

, « Tea Leaf Readers" comme ils sont connus sous ce nom. Cependant,ils ont effectivement lu l'avenir d'un individu de congé de thé passé dans une tasse dont le client avait actuellement bu. Je n'étais que modérément satisfait de ce qu'elle m'a dit ce matin-là. Depuis ce voyage s'est avéré infructueuse. Qu'avez-vous dû faire pour trouver des réponses à vos questions sans réponse? Eleanor a interrogé son expression inquiet. Entre-temps, elle a enlevé et jeté ses bottes d'équitation sur le sol, y compris ses trois poignards. Gingerly, elle l'a encouragé à s'asseoir pour qu'il puisse se déshabiller. Elle est toujours consciente de sa difficulté à respirer. Souffrant encore de douleurs à la poitrine, Xavier était assis en position verticale sur le canapé. Eleanor a enlevé sa cravate et sa veste. S'exprimant autour de sa lèvre meurtrie, Xavier s'est efforcé de raconter à Eleanor son voyage pour voir le « Chercheur ».

Plus tard, je suis sorti pour parler avec le très clairvoyant, « Chercheur de la Vérité », dans le « Hameau du Corbeau Noir. Toute cette région est sombre et marécageuse avec des tourbières de sable rapide partout. Ceux-ci sont dangereux et sont capables de piéger un cheval et un cavalier à l'intérieur de leurs eaux troubles et boues noires. Il fait exceptionnellement sombre dans la forêt même pendant la journée. En outre, il s'agit d'une zone envahie avec un nombre extraordinaire de pins matures. Leurs branches pendent bas au sol interdisant aux rayons du soleil de frapper leurs aiguilles de pin tombées tapissant le sol en dessous d'eux.

D'autres zones sont stériles comme un désert. Et même un oiseau ne vole pas dans la forêt. Eleanor pleura tranquillement, se jetant sur le corps meurtrie de Xavier. Il la serra fermement dans ses bras. Elle le voira à travers ses larmes:

« S'il vous plaît ma chérie cette région semble perfide. Tu pourrais mourir seul. Et je ne saurai jamais ce qui t'est arrivé, Xavier. J'ai besoin de toi avec moi, sanglota-t-elle pitoyablement.

Xavier l'a rapprochée de lui. Lever le menton lui permit de l'embrasser tendrement, la consolant ainsi. Mon doux, j'avais besoin de résoudre les questions qui assiguent mes pensées et mon sommeil. « Savez-vous ce que font les « Chercheurs », demanda-t-il en regardant son amant dont les larmes avaient cessé? « J'ai entendu beaucoup d'histoires à leur sujet, bien-aimé. Ils sont mystiques et peuvent évoquer, a-t-elle relayé en regardant son amant. J'ai entendu dire qu'ils peuvent voir les actions que les gens ont faites dans le passé, qu'il s'agisse de meurtres, de vols, de mensonges, d'actes sexuels, c'était normal et anormal, y compris certains qui sont sévèrement débauchés. Les rumeurs qui circulent concernant le devin est que ces mystiques peuvent évoquer sprights magiques et d'autres entités pour la réception de bonnes ou mauvaises informations ou des faits. Ou indépendamment, ils font des enchères mystiques comme ils l'entendent ou comme on leur dit de le faire par leurs maîtres », Eleanor a continué à parler, mais cette fois elle frissonna quand elle a relayé le dernier de ce qu'elle savait.

« Le « Voyant » peut jeter des sorts maléfiques sur les gens, et elle peut faire différents types de potions puissantes et concoctions. Certains disent qu'ils peuvent être des poudres faites en pulvérisant des fleurs toxiques. Ensuite, utilisé pour souffler eestla substance dans un visage ennemis pour les tuer. Ou des actes mauvais tels que l'empoisonnement graduel d'un ennemi, mais en raison de leur force TOXIQUE, ils peuvent causer une personne à souffrir considérablement et longuement », Eleanor relayé. Xavier la regarda en état de choc ses sourcils levés. Je n'aurais jamais réalisé que tu en savais autant sur ce genre de magie, Ellie. « J'entends beaucoup d'histoires dans le pub sur de nombreux sujets. Elle a expliqué sa connaissance prête sur les poisons.

Son intérêt étant absorbé par le « Voyant »,hé avait presque oublié les blessures de Xavier en écoutant ses déclarations. Until il a essayé de déplacer son corps sur le canapé pour la tenir plus près. Bien qu'il ait crié englobant sa poitrine avec ses bras forts encerclant son torse supérieur. Eleanor se leva soigneusement descendre de son corps. À cause de la douleur aiguë qu'il souffrait. Pas seulement physiquement mais mentalement. Soudain, il se sentait nauséeux roil dans son ventre causé par la douleur aiguë dans sa poitrine comme il se déplaçait à nouveau. Il a ramené des souvenirs de son père dans le chalet. Il est allé immobile ayant

49

un flash inattendu en arrière en voyant la botte de son père à venir prendre contact avec sa poitrine à plusieurs reprises. Puis entendre ses propres cris perçants de douleur quand il a pris contact avec ses côtes. Elizabeth se tenait à le regarder comme il avait une rêverie éveillée, elle avait pâli en regardant. Elle se précipita vers lui tombant à genoux d'urgence caressant son visage tendrement, avec amour.

Sa tentative était de le ramener d'où qu'il soit allé mentalement. Sa tête était retomquée sur l'oreiller et ici il gisait jusqu'à ce que ses yeux flottaient ouvert. «Je suis désolée de ce qui vous est arrivé bien-aimé, elle a appelé Xavier laissez-moi lier votre poitrine avec des bandages. Nous avons besoin de compresser vos côtes en toute sécurité surtout si vous avez une côte fracturée, elle a pleuré dans l'angoisse parce qu'elle avait apporté sa douleur vivante. Il hocha simplement la tête incapable de parler à cause de son inconfort. Eleanor se précipita vers la salle de bain pour les tissus de coton

Se résigner à dire à son amant la vérité sur le devin, maintenant il n'a pas hésité. Je l'ai utilisée à plusieurs reprises dans le passé », a déclaré Xavier après avoir surpris son amant beaucoup, elle avait haleté en état de choc. Ce Voyant vit dans un taudis, dans le parc le plus sombre de la forêt. Les branches d'arbres des arbres se dilait sur différentes parties du toit des taudis. des masses d'aiguilles de pin ternies gisaient sur des ardoises en bois dans de petites flaques d'eau prises dans la lèvre incurvante du toit pourrir. Marcher à l'intérieur du taudis a toujours été une expérience bouleversante, il a dit que ses paroles ont cessé comme un rire a pris leur place. Eleanor leva les airs à Xavier, ne sachant pas ce qu'il avait trouvé amusant? Pourquoi riez-vous, Xavier, lui demanda-t-elle la curiosité de s'accrocher à ses pensées ? Oh, sa demeure est un bordel infernal. Surtout à ses yeux et un quand on le voit.

Les planchers sont de la saleté qui se transforme en boue quand il pleut ou neige. Il y a un grand trou béant dans le toit, où les chauves-souris entrent la nuit, mais elle garde un feu va les décourager d'envahir le taudis. Le piquant envoyé de brûler de l'encens imprègne l'air, la résine attrayante, l'acide a été façonné en un bouton triangulaire brun. Il a brûlé dans une tasse en céramique fissurée; la poignée depuis longtemps disparu. Le parfum piquant épicé tourbillonnait vers le haut langoureusement, entouré, et accablé. Il l'a amené dans une sphère magique avec ceci, « Seer ».

La luminosité de la pièce s'est fanée comme un rideau sur une scène abaissée au sol de celle-ci. Les ténèbres dans la pièce les entouraient. Il concentra ses yeux sur les pierres grises, mais maintenant le sang rouge de la colombe gisait en contraste avec le nuage naissant de brume blanche. Les vapeurs ont commencé à s'élever et tourbillonnent au-dessus d'elles. La chambre est devenue engloutie dans la brume, c'était comme s'ils étaient assis à l'extérieur sur une journée brumeuse.

Le voyant jeta une poignée de petits granules rouges sur les pierres. Provoquant la brume s'élevant des pierres pour tourner une ombre brillante de cerise juste temporairement, puis bientôt disparaître devant la vue de Xavier. Il regarda le Voyant. Elle avait canalisé dans son sort. Son menton pendait sur sa poitrine, ses cheveux gris échevelés étaient tombés en avant couchés sur ses joues. La seule chose importante sur son visage était une vue latérale de son nez bulbeux. Il savait qu'elle dessinait ses forces magiques jusqu'à elle à travers une transe. Xavier voulait s'enfuir alors qu'elle était dans son état semi-inconscient. Qu'est-ce qu'il voulait voir et savoir sur sa femme ? Il allait la quitter de toute façon. Mais c'est sa grossesse qui l'a beaucoup dérangé. Il avait besoin de savoir qui était le père de l'enfant ?

Il était la risée du royaume ayant une femme adultère qui, en plus de tout le reste porté, l'enfant de son amant pour tous de voir. N'ayant aucune envie de défier son amant à un duel d'honneur. Xavier a simplement maudit ce rien de plus.

J'ai rencontré le « Voyant » dans le passé pour d'autres consultations. First, je lui ai donné un grand sac d'or pour ses services à venir. Xavier a dit de sa voix de baryton bas. Le timbre de sa voix semble l'apaiser.

Mais aujourd'hui, elle est allée travailler immédiatement. Tout d'abord, elle est allée à une grande cage en bois tenant quatre colombes blanches et deux brunes. En utilisant ce processus, ses visions sortiraient pures et fidèles à ses yeux quand elle cherchait ses apparitions. Elle a utilisé des pierres chaudes qui libéreraient la vision vaporeuse une fois qu'elle a versé le sang de la colombe sur eux. Le Voyant a retourné son attention sur les pierres afin qu'elle puisse regarder profondément dans la brume. Xavier s'assit tranquillement à côté d'elle maintenant physiquement engourdi par ses faits choquants et ses révélations. Malgré tout, il attendait des nouvelles plus infernales de ses visions.

Elle a parlé en lui disant qu'ils s'aiment puissamment comme son amant hurle et il tonne sensuellement. Tout en déplaçant leurs corps çà et là farouchement. Leurs actions lubriques ont fait hurler Angélique avec sensualité comme le prince souffle pour elle en retour. Peut-être que c'était leur cri d'accouplement comme ils ont créé leur première fille ensemble? Le « Chercheur » se demandait, mais elle n'a pas mentionné cette information particulière au fils du prince. Elle a continué à lui dire des choses intimes sur les actions de son père avec son amant, Angélique.

La vue des mouvements charnels de leur corps le stimule érotiquement. C'est une raison possible pour laquelle lui et sa femme ne pouvaient concevoir qu'un seul enfant.

Néanmoins, sa femme n'avait pas partagé son enthousiasme pour un tel comportement sensuel et érotique dans leur lit. Les « particularités » du prince étaient insupportables pour elle. Répugnant, obscène est ce qu'elle considérait comme ses actions. Ils lui ont fait penser à ce qui a été fait dans les bordels dans la partie pauvre du royaume. C'est la raison pour laquelle elle a pris un amant. Sans se laisser aller, elle s'était aventurée en dehors de son mariage pour lui trouver un homme traditionnel, un homme normal. furtivement tromper le prince Jarrod. Mais elle n'avait pas besoin d'aller loin pour le trouver. De plus, elle a traité le prince Jarrod de voyeur dans son dégoût de ses penchants sexuels.

Cette vision que le « Voyant » a refusé de dire au prince Xavier, à dessein. Elle croyait qu'il pourrait devenir fou furieux s'il apprenait que sa mère était en vérité une adultère. Elle a joué un jeu de tromperie à deux facettes, alors qu'elle était mariée au prince Jarrod. Le « Voyant » a vu qui était son meurtrier qui l'a stupéfaite au-delà des mots. Elle n'a pas parlé.

La brume tourbillonnait plus vite soudainement sa couleur tournant une couleur rouge brillant. Son corps se raidit brusquement dans sa vieille chaise berçante, ses actions maintenant immobilisées à cause du choc et de la surprise de ce qu'elle observait.

Ses actions suspendues ont fait changer le prince Xavier dans sa chaise et la regarder curieusement. En raison de sa quête incessante de la vérité sur ce qu'elle venait de voir au milieu. Elle savait qu'elle ferait mieux d'agir normalement sans avoir envie de se faire trancher la gorge par lui en furie si elle lui avait dit la terrible vérité.

Mais avec Angélique, ses désirs lubriques pour le prince correspondaient aux siens dans tous les sens. Elle a sanctionné tout ce qu'il voulait lui faire. Ainsi, elle lui a fourni une libération émotionnelle profonde afin qu'il puisse faire les choses qu'il désirait tant avec un zèle et un goût renouvelés. Ses yeux regardaient dans la brume qui tourbillonnait rapidement d'une manière circulaire au-dessus des pierres. C'était si les brumes avaient pris sur une force de vie tout à fait propre qu'il avait réellement. Elle savait que les vapeurs l'avaient fait lorsque l'aboutissement d'une union sexuelle était en train de se conclure.

Xavier fut stupéfait par les fines nuances magiques de leur érotisme qu'il avait apprises par le sort de Seer sur ses pierres trempées de sang.

Le taudis était aussi silencieux qu'un cimetière à minuit. Le casting des sorts était terminé. La brume tourbillonnante avait disparu. Le sang rouge vif de la colombe qu'elle avait éclaboussé sur les pierres était maintenant noir que le charbon gisait séché sur les pierres. Le liquide sanguine était visiblement dépensé pour aider les pierres, et les vapeurs en évoquant le sort lascif.

Xavier se leva tranquillement de sa chaise. Il n'a jamais regardé vers le bas àson_{aga dans} ,il n'ayant aucun désir de le faire. Aucun mot n'a été échangé entre eux, les conversations étaient terminées et faites. Marchant vers la porte, il a été forcé de passer le « Voyant » dans sa chaise berçante. Juste avant de sortir du taudis, il a laissé tomber une autre grande poche remplie de nombreuses pièces d'or dans la paume ouverte de la femme. Il marcha en silence. Ses yeux se concentrant uniquement sur la porte qui lui permettrait de sortir et d'accéder à son cheval et le monde normal une fois de plus. Xavier ne pouvait pas se ramener à regarder en arrière à la « Voyante » ou le taudis délabré.

Il a ré-envisagé comment les corps de son père et de sa femme se sont réunis dans une danse intime érotique de feu de l'amour et de la luxure. Il voyait encore le chemin, leurs lèvres meurtries balayées les unes contre les autres douces et sensuelles. Ils s'étaient embrassés dans le besoin. Xavier entendit des traces résonnées de leurs doux gémissements lubriques qui sonnaient dans ses oreilles, à ce moment-là. Il les entendit obsédant comme s'ils avaient été délibérément portés à ses oreilles sur le flux d'un vent délicat. Il tourbillonnait autour de lui tout à l'heure provoquant l'ourlet de son rabat manteau sur les genoux. Il ne pouvait pas se plaindre des réalisations du Voyant. Après tout, il avait obtenu la valeur de son argent, plus beaucoup plus. Même si ses paroles l'avaient terrifié.

Xavier est sorti dans un après-midi oppressant nuageux. Il était encore stupéfait par ce qu'il avait vu et entendu. La morosité du ciel le fait frissonner, fugacement. Il tira son manteau étroitement autour de ses épaules pour réchauffer son corps frissonnant ses souvenirs le refroidissant. Soudain, le vent s'intensifia considérablement lui faisant sentir un froid glacial balayer sur lui. En outre, les dents de Xavier bavardaient de la peur de son père, et ses nerfs qui ont été dépouillés premières.

Rapidement Xavier courut à son étalon, des sentiments d'euphorie est venu sur lui joyeux de quitter cet endroit terrible, sinon déprimant. Mais comme il s'était précipité sur le sol dur à son cheval, il jura qu'il ne reviendrait plus jamais ici. Plus jamais. Les nouvelles de Seer l'avaient stupéfait en plus qu'il ait surtout peur de son père. Il ne demanderait jamais une autre vision orthographiée par magie pour quelque raison que ce soit. En particulier ceux concernant son ex-femme et son père s'il voulait survivre et vivre.

En outre, il a admis que son père était très puissant de façon terrifiante. Et pas seulement avec ce qu'il pouvait faire avec son poing et ses

« poignards espagnols » au combat. Il est allé bien au-delà de l'ordinaire, en considérant tout ce qui était normal pour la plupart des gens.

Xavier ne pouvait pas éteindre ses pensées décousus, il y avait tellement de choses à considérer. Il y avait tellement de choses en jeu. Il aurait à courir et fuir vers un endroit sûr. Sans aucun doute, il prendrait Elanor avec lui, ils seraient ensemble, peu importe ce qui s'est passé.

Hypothèses combat de son père se jettent de nouveau dans ses pensées. « Jarrod le Princed'e La Faucon Blanc », était au-delà des implications d'être considéré comme un adultère. By way ofn'importe quelle cour dans le royaume. Et encore moins qu'il soit reconnu coupable de crimes de séduction d'un souverain marié serait un effort inutile par les évêques puissants supposés et leur doctrine puissante églises.

Étant donné que, quels que soient les pouvoirs mystiques hest père tenu serait obtenir les deux d'entre eux hors des actes d'accusation. Tout cela concernant les actes d'accusation légitimes qui pourraient être mis contre eux. Si on en arrivait là ? Xavier médite Xavier maintenant considéré comme étant divorcé d'Angélique et leurs vœux de mariage. Leurs vœux de mariage vides gisaient maintenant en cendres à ses pieds.

Mais ce désastre qu'ils avaient créé n'avait-il pas été une rue à sens unique. Elle n'a jamais été la sœur et n'avait jamais vraiment voulu être et tolérer son abus établi d'elle. Lui aussi avait ressenti la même chose remarquablement, de sorte qu'il est devenu insupportable jusqu'à ce qu'il a commencé à essayer de la tuer, pas une fois, mais de nombreuses fois dans leur bed. Il n'y avait rien pour lui de se battre pour après tout pas même sa fierté et son honneur. Il ne retournerait jamais au chalet et ne chercherait pas Angélique. Elle appartenait à son père à la seconde où il avait pris sa virginité, et sa pureté, puis son père lui appartenait. Dans un avenir prévisible, l'irs était une histoire d'amour scellée dans le sang pour toujours.

De plus, Xavier ressentait de la colère et des récriminations contre lui-même. En effet, tous ces ennuis qu'il avait apportés sur lui-même. Simplement pour atteindre son énorme dot, il avait foiré et joué à des jeux avec l'esprit des gens. Il a profité de leurs vulnérabilités de jeu. pour établir des enjeux élevés. Les paris se composaient de diamants, d'or, de chevaux de course, même de leurs maisons. Les aristocrates jouaient avec lui avec cœur. Il a participé vigoureusement pour découvrir la somme de la dot.

Il a brusquement pensé aux nombreuses fois où il avait violé à plusieurs reprises, et battu Angélique dans leur lit. Ces agressions commencent peu après leur cérémonie de mariage. D'habitude, il avait été tellement ivre que pendant ces moments la mémoire d'entre eux n'était qu'un flou dans son esprit le lendemain. Il voulait vraiment oublier ses actions.

Xavier détestait vraiment Angélique avec ses terres massives, ses nombreux domaines, ses maisons royales et le grand nombre de serviteurs consentants qui l'attendaient au simple escroc de son doigt. En outre, il y avait son plus beau don de la couronne. C'était sa future ascension vers le Trône de Cheil, comme sa reine. Rien de ce qu'il partagerait avec elle. C'est la principale raison pour laquelle il avait essayé de la tuer. Il voulait l'étouffer à mort, une fois pour toutes.

Après cela, il se débarrassait de ses restes dans les eaux marécageuses troubles près de l'endroit où, le « Voyant » résidait. Ou peut-être qu'il prendrait son corps haut dans les collines de l'arrière-pays de « Ledfell ». À cet endroit, elle ne serait jamais trouvée dans le ravin qu'il avait choisi. Il jet son corps dans ses profondeurs par une nuit sombre et sans lune. Il la laissait là pour être dévorée par un ours sauvage ou une meute de loups qui parcouraient la région. Puis il serait enfin libre. La réalité est soudainement venue autour comme il se souvenait maintenant de son père une fois de plus.

Mais il y avait la fureur courroucée de son père à considérer beaucoup moins de lutte avec, plus tôt que tard s'il avait tué Angélique. « Oh seigneur, aidez-moi », cria-t-il dans lapeur, ses traits déformés dans une grimace de terreur. En outre, les pensées au sujet de son parent ont rendu ses genoux s'affaiblir. Il est presque tombé à genoux dans la terre à cause de sa perte de nerfs et de courage.

Au contraire, il est tombé sur l'orge de selle du cheval capable de maintenir son équilibre plus longtemps. Soudain, il cria dans une peur alarmante et un sentiment de désespoir écrasant: « Oh, « Dieu » m'aider et me sauver de père, sanglota-t-il comme s'il souffrait de terribles douleurs physiques. Maintenant, il regarda vers le ciel, plaidant. Il a désespérément cherché l'intervention divine et le pardon de ses péchés vils et de son comportement abusif contre Angélique.

Xavier a admis qu'il avait besoin de commander des prières saintes du plus saint des saints qui pouvaient l'aider et le sauver. Pour la raison de ses tentatives meurtrières sur la vie sacrée de sa femme. Après tout, elle était tellement destinée par « Dieu » à devenir souveraine... une reine royale. Le corps de Xavier tremblait d'effroi alors qu'il reconsidère à nouveau son père.

Le « Voyant », lui a admis que le prince Jarrod effectivement embrassé des aptitudes magiques inexplicables. Et de peur qu'il ne devrait jamais oublier, Xavier considérait les horribles et puissantes suprématies de la « magie noire », et surnaturel de bonne foi de son père pourrait également posséder? Le garçon était convaincu que son père le tuerait assurément une fois qu'il aurait appris les brutalités, il avait délibérément commis contre Angélique.

Rapidement, Xavier monta sa monture voulant s'enfuir dès que possible. Penché sur le cou de l'étalon, il saisit rapidement les rênes du cheval dans ses mains tremblantes. Il n'a pas pu partir immédiatement parce qu'il se sentait stupéfait, sinon choqué, malade. Il secoua la tête à plusieurs reprises voulant enlever ce qui lui traversait l'esprit. Principalement, en raison des informations profondes et intimes qu'il avait reçues sur son père et son ex-femme du « Voyant ». Quels que soient ces détails, Xavier croyait fermement qu'il était un homme mort. Mais il est assuré que sa mort pourrait se faire entre les mains de son père. Le cheval renifla et pranced ses sabots environ dans l'anticipation nerveuse de quitter. Les bruits bruyants de l'animal ont brusquement éloigné Xavier de ses mauvaises pensées.

Les actions de l'animal en luge et le cliquetis de ses fers à cheval l'ont fait revenir à lui-même. Tout ce qu'il savait, c'est qu'il devait se rendre à un lieu de sécurité, immédiatement. Pour se cacher de son père.

Il a réfléchi à une autre question cette fois. Xavier, se demandait si son père était capable de lancer un « sort magique » pour le localiser directement? Donc, qu'il pouvait chasser, lui vers le bas sans effort, puis le massacrer peut-être par décapitation le garçon croyait. Certain que ce serait ainsi à cause des mensonges et de la tromperie, il a admis qu'il était si capable d'articuler, sans hésitation ni culpabilité en son nom.

L'esprit de Xavier tourbillonnait d'imaginations de violence, de visions de sa mort imminente et de l'enfant énigmatique d'Angélique avec sa marque de naissance louve inhabituelle. Il frissonna de terreur abjecte en réalisant que son chalet avait été ainsi nommé dans « Français », « Le Château du loup D'ou autrement son surnom

« anglais » signifiait, « Le château du loup d'or »,
et il avait été ainsi nommé par son propre père.
Mais pourquoi? C'était un nom étrange à donner
à sa résidence, croyait-il fermement.

Cet événement s'était produit alors qu'il avait
eu huit et dix ans. Ainsi, il arrive à l'âge légal et
très riche. Sa fortune n'avait pas inclus ce que ses
parents de dieu ont douché sur lui avec des pièces
d'or en plus des grandes quantités de diamants
non taillés. C'était une pratique qu'ils pratiquaient
depuis des années depuis l'âge de cinq ans.

Après être venu dans son propre, Xavier a
acheté la grande résidence à la mode. Le nom du
château et la tache de naissance de son père
coïncidaient avec la nomenclature de sa maison.
Cependant, Xavier savait qu'il ne possédait pas
une telle tache de naissance wolfish sur son
propre corps, pas n'importe où.

Avec colère, ses lèvres se sont formées en une ligne étroite et étroite churlish. Xavier se souvenait assez vivement que son père en avait un et maintenant que son fils en bas âge en posséderait un aussi après sa naissance. Comme cette pensée troublante est venue à Xavier, la peur l'a saisi une fois de plus. Maintenant, croire que tout le « Voyant », lui avait révélé était en fait irréprochable. C'était la dure vérité.

D'urgence, il déterré ses éperons sur les côtés du flanc du cheval. Ses actions le conduisent vers l'avant comme un javelot jeté à travers le ciel ouvert. Ainsi, les actions de l'étalon lui ont permis de fuir ce lieu sombre et abandonné. Encore une fois, il a stimulé l'animal à de nombreuses reprises et assez durement afin que le cheval puisse l'éloigner et s'éloigner le plus possible. L'animal galopa rapidement comme il a frappé pour la route ouverte. L'étalon a changé de direction en galopant maintenant « vers l'ouest » et se dirigeant rapidement vers « Verood » et la maison d'Eleanor.

Plus vite le cheval galopait, moins Xavier se sentait craintif. Mais en vérité, rien n'avait vraiment changé, son père vivait encore, et il ne serait pas en mesure de l'éviter longuement. Il était inévitable qu'ils se rencontrent dans un proche avenir.

La nuit de la raclée de son père Xavier a finalement relayé les révélations découvertes par le sort magique du Voyant. et ce que la vieille femme avait vu alors qu'elle avait regardé dans la brume Xavier dit, son amant, Eleanor.

Eleanor regroupés pour les mots appropriés et une justification solide, « Mais le « Chercheur » a dit: « Votre père a intentionnellement créé cet enfant avec Angélique pourquoi at-il fait ce Xavier, son amant demandé. Et aussi, il savait que c'était un enfant mâle qu'Angélique avait conçu avec impatience dans la prairie avec son père. Les paroles du Voyant avaient vaguement laissé entendre que le père était surnaturel ou qu'il détenait des connaissances et des pouvoirs mystiques. Comment aurait-il pu prédire autrement ces choses sur la fille à naître », a demandé Xavier Eleanor? Xavier fronça les sourcils en racontant à son amant d'autres choses intimes concernant son père et Angélique et ce qui s'était passé entre eux érotiquement. Père doit être quelque chose de ce genre? Xavier a dit hésitant en regardant Elizabeth., Cependant, ses yeux ont révélé une expression troublée en eux. Si ce n'est pas un regard craintif en eux.

« Comment son père aurait-il pu connaître ces détails au sujet de son enfant à naître à l'avance », lui demanda Xavier, fortement perplexe et craintif. Angélique donnera naissance au bébé de mon père d'un jour à l'autre. Il sera mon demi-frère, et mon beau-fils imaginer que« Xavier ricanait cyniquement sa voix craquant sous l'ironie amère de la situation. Il se sentait lésé de ne jamais pouvoir avoir un enfant viable avec Angélique. Xavier s'est giflé le genou dans la frustration en colère. Il croyait que s'ils avaient produit un enfant ensemble, il aurait solidifié une place pour lui le reste de sa vie sur le trône de « Cheil » comme son « Prince Consort.

Xavier savait qu'il ne pourrait jamais l'avoir maintenant. La vérité, c'est qu'Angélique avait toujours appartenu à son père bien avant qu'elle ne l'épouse.

Xavier ferma les yeux fermement en voulant aller dormir dans leur lit. Il était complètement épuisé par la douleur de la raclée de son père, et ses coups de pied aux côtes et le long voyage au taudis du Voyant. Il savait depuis le début qu'il n'avait jamais aimé Angélique. Il sentait que tout ce drame entre Angélique et son père était des raisins aigres et la vengeance sur lui. Xavier croyait qu'il était sévèrement puni par une force invisible. Celui qui a été envoyé mystiquement par son père et non sur les ailes d'une colombe? Xavier était certain que c'était à cause de ses mensonges égoïsdes, de sa cupidité misérable pour l'argent et de ses actes trompeurs. Car il était allé jusqu'à promettre la féalté au roi Claude, pour obtenir la dot d'Angélique. Ainsi, il avait abandonné son propre souverain.

Il y a quelques jours, il avait appris que le roi cherchait à lui rencontrer le « roi de Cheil ». Ce jour-là, il s'était soûlé dans une stupeur aveugle. Puis il était rentré chez lui où sa femme enceinte attendait son retour, ils discutaient, non ils se disputaient au sujet de la missive menaçante de son père qui était arrivé ce jour-là. Il a appelé à venir à « Cheil » immédiatement. Le « roi Claude » a exigé qu'il amène ses trois avocats avec lui demain après-midi à 16 heures à « Cheil ». Ses yeux se sont élargis dans la peur comme ils flashé sur la missive. Il se demandait si le roi était au courant de ses agressions charnelles et des coups violents infléchis contre sa fille dans leur chambre la nuit? Peu importe ce que le roi Claude était en dépit de lui étant un roi strict, il était un bon père pour Angélique et ses autres enfants. En outre, elle était son enfant préféré. Bien sûr, il connaissait la vérité. C'est alors que son corps s'est raidi à cause de l'effroi. Son tempérament a atteint leurs limites, sachant qu'il avait été pris dans ses mensonges, la violence et la tromperie. Il avait jeté la lettre au visage d'Angélique, puis il l'avait giflée, la rendant inconsciente sur le sol de la cuisine. La cuisinière et la femme de chambre hurlaient, tombaient à genoux, à côté de son corps sans vie. En désespoir de cause, ils l'ont appelée, et lui ont frotté la main en essayant de la réveiller », a déclaré Xavier en relayant le scénario violent. Mais maintenant, ses pensées s'éloignent comme un sentiment d'effroi a balayé sur lui, le dérangeant grandement.

Des pensées extrêmes dansaient dans sa tête. Le corps de Xavier tremblait de peur de voir sa mort imminente sur les échafaudages. Là, au pied de la potence se tenait Angélique, et son père qui tenait leur bébé qui était assis debout dans ses bras le regardant. Ils se tenaient ensemble à l'avant-garde d'une foule immense. Il n'y avait pas de larmes ou de sanglots de tristesse en leur nom au sujet de sa détresse. Au contraire, ils souriaient tous les trois joyeusement et lui faisaient leurs adieux.

En démissionnant la tête baissée, Xavier se détourna d'eux, acceptant son sort. Il monta sur les marches escortées par deux gardes royaux de chaque côté de lui. Le trio monta les escaliers raides menant à l'estrade de la potence. Atteignant la plate-forme, il vit un bourreau noir à capuchon l'attendre patiemment avec une corde grossière dans ses mains se préparant à le jeter sur le cadre du gibet.

Xavier hurla de terreur alors que son hallucination s'évanouissait. Dans la peur redoutée et la terreur de son fantasme éveillé de devenir une réalité, il crie une fois de plus. Frustré, il cherche à trouver un bouc émissaire pour ses peurs et sa terreur. Il avait alors violemment giflé Angélique en lui reprochant ses problèmes avec son père, le roi Claude. Il ne ressentait aucun regret pour ses actes alors qu'il la regardait allongée sur le sol inconsciente.

Dans l'instant suivant, la porte d'entrée du chalet a été ouverte. Le prince Jarrod était sur lui en pluie de coups puissants sur sa tête, son visage dans une rage bouillonnante. Puis le son de sonnerie du métal contre le métal résonnait dans la pièce que son père retira son épée de son fourreau rapidement et habilement. La sonnerie continue frappa les oreilles de Xavier alors qu'il s'enroulait sur ses coudes dans sa tentative de s'éloigner de la colère de son père, alors qu'il gisait sur le sol du chalet. Il avait perdu l'équilibre une seconde auparavant lorsque le prince lui avait donné un coup de pied dans la poitrine avec sa botte.

Le prince était fou de colère, soif de sang se présentait aux yeux de son père. Il a pris sur la caractéristique furtive comme d'un loup sauvage son corps se déplaçant lentement à la largeur d'un cheveu. Ses dents bared, ses yeux étaient fixés, réguliers, regardant fixement sa victime sur le sol

intensément prêt à tuer, lui, et le détruire une fois
pour toutes.

Le prince traquait lentement vers lui son
intention bien affichée dans ses actions
maintenant il balança son épée devant les yeux
effrayés de Xavier. Il sentait que son père se
préparait à prendre sa tête. Xavier tenta
furieusement de se battre pour sa vie ou de
mourir aux mains de son père. Axel a vu un
moment avantageux pour s'échapper quand la
femme de ménage a crié. La tête de son père s'est
cassée dans la direction de la femme pour évaluer
son sort. Xavier boulonné à la porte ouverte voir
sa chance de s'échapper. Il a fui le chalet, ense
sang, et dyspnéique en raison de ses blessures à la
poitrine. Le cheval a presque survolé la route.
Xavier reposa son corps sur le cou des chevaux sa
poitrine lui fait mal, il pouvait à peine respirer.
Mais ses craintes persistaient.

Sa femme et son père étaient tous les deux adultères. Mais Xavier savait qu'il en était lui aussi. Malgré tout ce qu'il avait entendu du « Voyant » tout ce qu'elle lui avait dit était la vérité tacite.

Son père avait été comme un animal, les dents dé barreaus, le comportement de traque d'une bête qui voulait sa vie et le sang. Axel savait que l'ancienne belle femme tenait son père prisonnier, son corps, son cœur, et son esprit était tout à fait captivé. Ils avaient partagé une intimité torride et un amour profond et maintenant un bébé qu'ils avaient créé. Elle était la femme que le prince voulait désespérément comme sa femme pour tous les temps.

Xavier s'est mis à ses pieds, tirant Eleanor du canapé. Qu'est-ce qui ne va pas Xavier, soyez conscient de votre poitrine chérie, lui dit-elle avec inquiéter. Oubliez que pour l'instant, pack nous partons dans quelques heures pour les montagnes, peut-être plus loin que cela. Nous ne retournerons pas dans un proche avenir, dit-il en embrassant son amant.

Ils étaient partis le lendemain matin.

Chapitre

Prince Jarrod

Le prince Jarrod a mis ses mains dans les poings chaque fois que son amant criait de douleur. Son meilleur ami, « Jean, le marquis de Touchern », est venu se tenir devant lui où il était assis sur le canapé. « Ici Jarrod, cela va arrêter vos nerfs, son ami a dit lui remettre un verre. Prendre le grand whisky; il jet l'alcool en arrière en deux tractions rapides. « Cela vous fera vous sentir mieux pendant une période stressante comme celle-ci, Jarrod. Rassurez-vous, je suis un expert en la matière », dit Jean en souriant, riant doucement. Ses paroles sont venues d'une manière réconfortante, exprimée par le marquis qui était son meilleur ami. Les deux hommes riaient de bon cœur en sachant que sa déclaration était honnête.

Il y a un mois, le prince Jarrod s'était joint à son ami pour lui offrir un soutien émotionnel. C'était pendant l'heure précédant la naissance de Jean, enfant. La femme du marquis avait donné naissance à leur premier enfant, un fils en bonne santé, ce jour-là. Le bébé a été immédiatement nommé, « Frederick, le comte de Touchen.

L'accouchement s'était exceptionnellement bien passé, compte tenu de l'âge avancé de la mère du bébé. La livraison a été sous l'expertise médicale de l'un des médecins royaux compétents dans le château. C'était le Dr Carl M.D. qui avait assisté à la marchions dans le passé.

Jarrod n'avait jamais vu ses amis aussi anxieux, mais après la naissance, Jean était momentanément soulagé, reconnaissant et extatique. Cela est devenu clair pour Jarrod, quelques jours plus tard, quand il avait été invité à voir le bébé. Ce matin-là, il avait vu Jean regarder son fils en bas âge stupéfait et ravi au-delà de toute mesure.

Sa réaction était compréhensible de l'avis de Jarrod. Étant donné que Jean et sa femme, la marquise de Touchern, avaient tenté d'avoir un bébé pendant de nombreuses années. Et un héritier pour

Jean, à condition que l'enfant soit un homme.

Maintenant, c'était au tour de Jarrod de rencontrer les moments stressants que son ami avait subis car il avait attendu la naissance de son enfant. Ses pensées ont été brusquement balayées de sa réflexion. Encore une fois, un autre cri perçant est venu aux oreilles de Jarrod de la chambre en bas du passage. La résonance d'une douleur angoissante a amplifié le cri d'Angélique. Peu importe qu'il ait été banni de la salle d'accouchement Jarrod voulait désespérément aller à sa bien-aimée, Angélique.

Dans la crainte pour elle et la vie mortelle du bébé, fatigué le prince se leva à ses pieds. Maintenant, arpentant sur le solaire de la manière la plus agitée, il est allé à la porte du jardin. Regardant le jardin dormant, il pensait à Angélique. Jarrod a couru sa main à travers ses longs cheveux dans la frustration totale le laissant dans un état de désarroi. « Asseyez-vous s'il vous plaît et calmez-vous Jarrod , dit son ami fronçant les sourcils tout en l'admonishing. Cet affichage d'un comportement incontrôlé était si différent de son ami qui avait obtenu sur ses nerfs. Jean savait que son ami possédait le courage d'un lion et les nerfs de granit.

Jarrod re-pris son siège une fois de plus, en regardant Jean, dans l'embarras. Son visage maintenant rincé une nuance subtile de cerise. Jean lui parla maintenant sérieusement. « Je sais pour un fait que d'avoir un bébé est une tâche difficile pour beaucoup de femmes », at-il conclu en agitant une main dédaigneive à Jarrod. « Cependant, Angélique est forte et jeune elle et l'enfant ira bien », Jean lui a rappelé la ferme détermination et le courage de son amant. Jusqu'à présent, Jarrod n'avait toujours pas trouvé ses mots bien voulus réconfortants, il y avait tellement en jeu.

« Combien de temps va-t-elle avoir à souffrir à travers cela? Jarrod a demandé à son visage enseigné et stressé. Jean jeta la tête en arrière en riant bruyamment. « Les bébés prennent leur propre temps pour décider quand ils entreront dans ce monde. Et pas une minute avant, peu importe ce que nous voulons arriver », a déclaré Jean en plaisantant tapoter l'épaule de Jarrod.

Changer le sujet de la conversation pour alléger l'ambiance que Jean pensait de la nourriture, quelque chose de savoureux et palpable. Je dis Jarrod, il est bien après midi qu'en est-il quelque chose à manger. « Êtes-vous prêt pour le déjeuner? Jean lui a demandé. Ensuite, nous pourrons parler davantage », a déclaré Jean. « Oui, Jarrod dit distrait ses pensées que sur Angélique et le bébé. « Je pense que cela vous fera vous sentir mieux, il n'y a rien comme un bon repas, lui a dit Jean. « En plus de vous n'avez rien mangé depuis tôt ce matin Jarrod, « J'ai besoin de quelque chose dans mon estomac, il grogne, vous pouvez sonner pour le majordome, le prince a suggéré. « Il faut aussi s'en prendre à Jean après être monté de La Croix », dit Jarrod en levant les sourcils, rappelant à son ami la grande distance qu'il avait   parcourue sur une longue distance pour être avec lui. Jean hocha la tête: « En effet, je suis. Son ami s'est rendu à l'alcôve où se trouvait l'attraction de la cloche de l'autre côté de l'énergie solaire. Il tira le cordon de velours à plusieurs reprises pour invoquer le serviteur.

La chambre était devenue désagréablement froide par les normes de Jarrod. Il vit que le feu dans la grille avait considérablement diminué. Il se let et alla à la cheminée en marbre « Carrera ». C'était le plus vaste dans le château d'Angélique, un homme aurait pu se lever à l'intérieur de celui-ci. Il a pris un poker en métal de sa trémie. Jarrod attisa vigoureusement les braises pour animer les charbons oranges rougeoyants. Il a choisi un rondin robuste parmi les autres empilés dans un tas sur le sol près de la trémie. Il a niché deux gros rondins de bois de bouleau solidement dans les braises rougeoyante. Immédiatement, leurs écorces blanches et argentées bouclées sont devenues fermées par des flammes rouges ardentes. Bientôt la chaleur saillante a commencé à couler dans la salle du bois brûlant. Jarrod sourit subtilement maintenant satisfait comme frotté ses mains ensemble en face des flammes montantes les réchauffer considérablement.

Il est retourné au canapé une fois de plus, mais ses pensées sont restées sur Angélique, mais se déroule principalement dans le couloir dans sa chambre à coucher. La principale chose qui le consolait, c'est que le médecin était excellent. Et assurément, il serait venu le chercher si quelque chose avait mal tourné.

Il y avait un rap doux sur la porte solaire, Jean se leva du canapé pour y répondre. Un majordome se tenait de l'autre côté du seuil. Il entra dans la chambre, s'inclina et salua la marquise puis il prit leur ordre de déjeuner. Il l'avait accompli uniquement par la mémoire ne nécessitant aucun papier ou crayon pour l'écrire. Une fois que Jean a terminé le menu, le serviteur s'inclina puis les quitté.

Il rejoint Jarrod une fois de plus. « J'ai commandé de la soupe au cheddar, des salades vertes mélangées avec des olives et des tranches d'orange, ainsi que des sandwichs au bacon, à la laitue et à la tomate sur du pain de blé entier et du thé Oolong », a rapporté Jean. « Cela semble agréable », répondit Jarrod. Cependant, Jean a étudié son ami en sachant avec intention que Jarrod s'inquiétait non seulement pour Angélique et le bébé, mais aussi pour autre chose. Jean a supposé qu'il pourrait avoir été pensées, son sauvage, fils agressif, son comportement violent et sa dépendance à l'alcool et autres.

« Pourquoi Angélique est ici au lieu d'être à la maison pour avoir son bébé? Ce château appartient-il à un de leurs amis ? Y at-il quelque chose de mal au chalet? Jean s'enquiert encore plus de la situation. En outre, son front s'était tricoté avec inquiéter comme il parlait à Jarrod. Il a déclaré : « Son mari devrait être ici en résidence à ce moment très important de

leur vie », a déclaré Jean en sachant
notamment et de façon responsable qu'il
s'agissait d'une procédure royale à
condition que le mari ne soit pas en guerre
ou malade d'une manière ou d'une autre. .

Néanmoins, Jarrod n'offrit aucune
réponse rendant les yeux de son ami étroits
inquisitoirement. Mais Jean soupçonnait
depuis longtemps que quelque chose
n'allait pas dans la vie de Jarrod au cours du
dernier mois. Puisque son ami n'avait
toujours pas fourni de réponse à son
enquête.

Jean pouvait voir que son ami avait
beaucoup changé comme s'il était revenu à
son mode de vie reclus. Lorsqu'ils   ont

parlé de son nouveau rôle de beau-père, d'Angélique, de sa vie conjugale ou de Xavier, sa déclaration a toujours été vague et presque secrète.

Jarrod s'assit en avant sur le bord du canapé fermement serrant ses mains ensemble. Il regarda dans la cheminée les rondins colorés brûlants comme il le pensait d'une manière contemplative. Ses pensées étaient ailleurs car il considérait ses amants comme l'avenir. Il était fatigué de vouloir fermer les yeux brièvement. Par conséquent, il posa son front sur son poing serré longuement, incapable de faire face à Jean directement.

Alternativement, il a maintenu son attention sur le sol en marbre que les soucis tourbillonnaient dans son esprit. Et pourtant, il n'avait toujours pas parlé ou répondu à son ami. Il y avait un coup doux sur la porte solaire provoquant ses pensées inquiétantes de fuir. En regardant par-dessus son épaule, il vit Jean converser avec le majordome qui avait pris leur commande de déjeuner. Sauf qu'il n'était pas seul. Il y avait quatre valets de pied avec lui. L'un portait une table pliante, les deux autres portaient des plateaux de nourriture recouverts de grands dômes d'argent. Enfin, le quatrième valet de pied portait un grand panier en osier tissé à la main rempli de divers ustensiles de cuisine, y compris un nappe blanc comme une étoile croustillante, également rempli d'argenterie, de tasses, de soucoupes, de sucre et de crème. Alors que le majordome d'origine, portait un grand jade-vert, théière où un flux tourbillonnant de vapeur blanche échappé à son spigot délicat.

Jarrod pouvait à peine former ses mots, mais c'était son meilleur ami en qui il avait confiance pour toujours. Lentement, il a commencé à confesser ses méfaits si ce n'est ses péchés, la transgression par la transgression.

« Certes, il s'est passé il y a longtemps des choses qui ont réuni Angélique et moi. Par inadvertance, il est devenu impossible de changer la situation dans n'importe quel sens du mot. Il a prononcé ces faits avec remords en sachant combien elle avait souffert à cause de leurs indiscrétions.

C'est principalement parce qu'elle était consciente de la vérité que Xavier ne l'a jamais aimée dès le début de leur relation. C'était la dot massive en vérité qu'il était après tout. Jean a tenu la main pour arrêter les explications de Jarrod pour interroger son ami: « Pourquoi n'a-t-elle pas simplement quitté les Banns du mariage et de revenir à « Cheil, où vit sa famille? Jean a posé des questions très perplexes par les déclarations de ses amis.

Jarrod secoua la tête lamentablement.

« Elle ne voulait pas déshonorer ses parents en plus de la bonne réputation royale de la famille. De plus, ce sont ses parents qui l'encouragent à épouser Xavier. Ils ont structuré leur raisonnement sur le fait qu'il était encore très jeune, et unworldly. De plus, ils ont admis qu'il était dans une certaine mesure agressif et violent envers elle lorsqu'ils se sont disputés.

En fin de compte, ils lui ont dit d'avoir du courage, qu'il changerait les heures supplémentaires. Ainsi, avec sa maturation à l'âge adulte, il arrêtent son comportement grossier envers elle. Timidement, Angélique accepta leurs conseils.

« J'ai dû la laisser partir, Jean je n'ai pas osé intervenir », dit Jarrod en secouant tristement la tête en regrettant ses actions passées concernant l'avenir d'Angélique. Jean, après tout, je viens de signer les contrats de mariage comme son futur beau-père.

Cependant, je n'étais pas au courant de ces choses au sujet de leur relation auparavant. Cela ne s'est pas produit jusqu'à ce qu'elle me confie finalement plusieurs semaines plus tard. C'était longtemps après que nous avions passé beaucoup de temps ensemble à de nombreuses reprises. Je suis allé à elle au chalet tous les jours parfois j'y suis allé deux fois par jour pour diverses raisons, vous l'esprit. Il était trop tard pour se soustriser aux noces à ce moment-là, elle a été forcée de procéder à la cérémonie de mariage. Aussi, j'avais le roi en tête. Je m'inquiétais de la façon dont il réagirait à cette rupture si elle quissait « Verood » soudainement », a poursuivi Jarrod. Son ami n'a jamais écouté ses sentiments ou son point de vue concernant leur relation. Mais plus tard, Jean sera choqué par l'admission prochaine de Jarrod au sujet d'Angélique. À ce moment-là, il se souvenait de la solitude et des souffrances que Jarrod avait endurées au cours des cinq dernières années. C'est venu sur lui, principalement, après le meurtre de sa femme.

Jean s'est admis qu'il était triste, sinon tragique, ce que le besoin d'amour pouvait faire à un homme ou à une femme. Surtout s'ils étaient reclus et seuls comme Jarrod l'avait été. Cependant, Jean se tenait ces sentiments et pensées en silence.

J'ai besoin d'un brandy, Jean m'a dit de me lever au bar. Vous avez besoin d'un Jarrod? demanda le marquis en brandiant la carafe de cristal en direction de Jarrod. Étudiant l'expression de Jarrod, il vit l'inquiet froncement de sourcils, balancé à travers ses belles traits.

Jarrod hocha la tête à Jean en réponse quand il commença à verser la liqueur de couleur ambre dans son grand snifter. Jean, a récupéré le deuxième verre de l'armoire du bar en dessous, il l'a placé sur la barre à côté de la sienne. Il a demandé à l'alcool de le verser en remplissant généreusement le verre de Jarrod. Jean sourit à lui-même en se rappelant comment ils avaient parlé et bu du whisky bon marché dans leur chambre d'université alors qu'ils étaient à Cambridge, université. Ils discutaient de tout, des femmes de leur université sœur nommée Christ Church, Oxford. La jolie qu'ils envisageaient de marier à l'avenir. Mais leurs décisions reposaient toutes sur le fait que leurs futurs fiancés étaient opulents et détenaient des qualifications royales estimées comme eux.

Son ami a failli laisser tomber la carafe de cristal qui tenait le whisky. Quand Jarrod lui a finalement dit la vérité sur sa relation avec Angélique.

« Je suis tombé en amour avec elle quand mon avocat m'a présenté un cameo d'elle. Il m'a été envoyé par son père en cadeau. C'était comme si un éclair m'avait frappé quand je le regardais; Je ne pouvais pas prendre mes yeux de son image exquise. À ce moment-là, j'avais déjà signé les contrats de mariage. Mais maintenant, nous avons passé en revue de nombreuses cartes de propriété de sa succession. En outre, à la représentante bleu-impressions de ses nombreuses maisons et châteaux. Jean a observé Jarrod pendant qu'il parlait, sachant que les gens tombaient amoureux à première vue. C'était un événement courant pour une raison étrange. Mais il était silencieux et sans jugement alors que son ami déversait son cœur au sujet de sa belle-fille.

« Au cours des semaines qui ont suivi, nous sommes devenus exceptionnellement proches. Surtout après que « Duke Axel » s'est efforcé de l'enlever une nuit sur la route ouverte. Angélique rentrait au château de Sherri ce soir-là sans Xavier. Mais d'abord, il est entré par effraction dans le chalet la veille de sa tentative d'enlèvement. J'ai supposé qu'il voulait la violer, elle et la femme de chambre cette nuit-là, jarrod entendit son ami murmurer

en alarme : « Qu'est-ce que tu dis, mec ? »
Jarrod a fait face à son ami « Oui, il est vrai
que vous connaissez déjà son histoire
violente avec les femmes aristocratiques,
Jean, dit le prince en rappelant à son ami les fétiches du
duc » et son penchant pour les rapports
violents, avec ses femmes
indépendamment de leur rang royal .
Malheureusement, je le fais, et j'ai entendu
cela à son sujet à plusieurs reprises, Jean a
déclaré renfrogné dans le dégoût de
l'homme. Indépendamment de son point de
vue sur Axel, son ami a estimé que quelque chose
n'allait pas avec Jarrod. Son humeur
normale semblait voilée par une façade, il a
été affecté par une entité inconnue. Il était
tendu, il n'était plus détendu, insouciant et

heureux. Jean avait observé ce changement flagrant dans le comportement de son ami. Mais pensant profondément Jean avait remarqué qu'il coïncidait avec le mariage ultérieur d'Angélique. Jean a été surpris de croire qu'en ayant une belle-fille par Jarrod, il aurait été incroyablement heureux. Après tout, elle était un ajout agréable à sa famille.

J'ai pris une grande offense à ce qu'il avait essayé de faire à Angélique. Par conséquent, le lendemain matin, après mon arrivée au chalet, j'ai trouvé Angélique d'être dans une mauvaise voie émotionnellement. Elle a été traumatisée par l'intrusion. Je suis resté avec elle pour évaluer son état », a déclaré Jarrod baring ses dents comme un animal sauvage dans une rage furieuse ... Ses actions avaient considérablement effrayé Jean. Il n'était pas certain de la forme de représailles que son ami pourrait prendre contre le duc. Jean lui a offert un autre brandy qu'il a refusé de lui faire signe.

Jarrod continuer à parler étant revenu à lui-même. « Plus tard, je suis retourné à la maison pour recueillir, Elsevier, les deux Chow, des armes à feu, une masse de balles, et le serrurier. Nous sommes allés au chalet pour la protéger et le personnel féminin. J'ai supposé qu'Axel pourrait revenir leur faire du mal. « At-il voler de retour au chalet ce soir-là après votre arrivée? Jean a demandé les yeux écarqués

111

et curieux. Nous avons gardé la veille toute la nuit puis Elsevier et j'ai entendu trois coureurs s'approcher de la maison en marge de l'aube. Leurs chevaux trottaient le long, près de l'arrière du coppice », a relayé Jarrod. Il se leva et arpez le solaire, sans relâche que l'histoire plaid out.

Les Chows n'aboyaient pas, mais ils sautèrent sur leurs pieds eux aussi après avoir entendu quelque chose. Immédiatement, « J'ai libéré les chiens qui ont fait une chasse sauvage dans les buissons aboyant et grognant sur les intrus. Apparemment, Axel avait amené quelques amis avec lui cette fois. Elsevier et moi avons tiré à de nombreuses reprises qui les ont effrayés. Heureusement, les chiens sont revenus sains et saufs. « Bon Dieu Jarrod s'il avait agressé Angélique la couronne ne l'aurait pas protégé cette fois. Comme ils l'avaient toujours fait dans le passé pour le faire descendre et l'empêcher de la potence ou de la prison. Assurément, il serait exécuté sur le gibets. Axel est-il conscient du fait qu'elle est une future reine ? Jean demanda à ses yeux de craindre pour la sécurité d'Angélique. Jene sais pas quelles informations il détient à son sujet. Je ne serais pas surpris s'il le fait déjà », a fait remarquer Jarrod froidement encore furieux par les intrigues sérialisées lubriques d'Axel.

La voix de Jean était extrêmement tendue quand il a ensuite parlé: « Pourquoi ne m'avez-vous pas demandé de vous aider Jarrod? » son ami a demandé: « Pas avec vous récemment devenir père, Constance et Felix ont besoin de vous. D'ailleurs, vous savez qu'Axel est fou et dangereux », a déclaré Jarrod avec colère. En outre Jean, j'ai entendu à travers le moulin à rumeurs que Axel est sur le marché pour acheter plusieurs serpents venimeux.

Jean secoua le bras de Jarrod en portant toute son attention sur lui. « Il veut vous tuer et Xavier, afin qu'il puisse avoir Angélique pour lui-même savez-vous que? Jean a dit affligé après la divulgation de son ami sur les serpents. « J'en suis venu à cette conclusion aussi Jean », dit le prince sévère. Rappelez-vous, il est devenu carrément lascif envers elle. Cela s'est produit quand je lui ai présenté sur le chemin à Sherri le jour de la, « Tea Party ». Jarrod dit en riant moqueur: « Effrontément, le bâtard a eu l'audace de me demander si les « Banns mariage » avait été posté, Jarrod a dit avec dégoût.

Qu'est-ce que tu lui as dit ? Jean piqué de colère en attendant d'entendre la réponse de ses amis. « Je lui ai dit oui, ils avaient été. Il était incommensurablement déçu. Néanmoins, je pouvais voir qu'il pensait profondément, comme s'il faisait des plans d'une certaine sorte. Angélique était dans la terreur de lui après avoir vu ses traits.

« Vous savez ce que je veux dire, Jarrod reconnu. Son visage est un spectacle terrible, c'est une erreur de la nature », a déclaré Jean. Jarrod hocha la tête en accord complet.

Cependant, comme le mariage se rapprochait, je ne pouvais pas supporter de ne pas la voir. Je voulais transmettre ma dévotion et mon amour intense pour elle afin qu'elle sache que mon amour était vrai, je lui ai donné mon alliance. Alors, je suis allé dans ses chambres la veille du mariage... Jarrod hésita à ne pas parler. Il rassemblait ses pensées sur la façon de dire la vérité à son ami. « Oui, Jarrod je comprends cette partie, mais que s'est-il passé entre vous deux cette nuit-là dans sa chambre? Jean demanda en regardant fixement Jarrod. Il a étudié l'homme, mais craignait ses amis mots à venir. J'ai pris sa virginité qu'elle m'a donné volontiers; nous sommes devenus amants et le bébé n'est pas le mien de Xavier. C'est pourquoi elle a acheté ce château pour qu'on puisse être ensemble, a-t-il avoué. Sentiments de tristesse plus whelming pour son bel amant arraché son cœur. Et comment elle avait été déchirée par son devoir conjugal royal et son amour pour lui.

Jean se tenait debout en marchant à une courte distance de Jarrod qui restait assis. Se retournant, il regarda son ami, puis il éclata. « Bon Dieu homme comment avez-vous pu et pourquoi êtes-vous allé aussi loin? Si c'était de la luxure, tu aurais pu engager une prostituée pour répondre à tes besoins sexuels. Le royaume est plein d'entre eux », dit Jean avec mépris. Tu as perdu la tête ? C'est ta belle-fille et une future reine. Tu ne comprends pas que tu ne peux jamais l'épouser ? C'est un péché Jarrod. Comment pensez-vous que l'Église consentirait à votre liaison adultère ? Et qu'en est-il des bébés baptême à venir? Vous savez que l'archevêque de Verood officie sur ces cérémonies ? Quel nom va être sur le « Certificat royal de naissance », en tant que père de l'enfant, le vôtre ou celui de votre fils ? Et qu'en est-il de la réputation d'Angélique qui a diminué à cause de vous? Avez-vous déjà pensé à ce fait important, elle sera reine un jour si on ne parle pas de cette naissance illicite ? Il est impératif qu'elle soit toujours au-dessus de tout reproche, Jarrod? Mais tout le monde l'a vue avec un enfant. Et les gens qui bavardent à la cour certains, ils compteront les mois de sa grossesse pour mettre des commérages vils contre elle. Et cela inclut le fait que son mari était absent pendant des mois quand elle est devenue expectante. Tout cela pour répandre de vils ragots sur son infidélité conjugale avec vous parce que vous ne pouviez pas rester loin d'elle. Les gens discutent déjà de vous, principalement. C'est comme ça que tu as réagi à Angélique sur la ligne de réception quand elle est arrivée pour son mariage. Il était évident que sabeauté, vous a fait perdre. Vous ne pouviez pas trouver des mots pour lui parler, Jean tonitruait comme son visage rincé écarlate brillant dans la colère.

Jarrod a été stupéfait de ne jamais se rendre compte qu'ils étaient maintenant le sujet de commérages cour. Jean faisait la lumière sur ces problèmes pour aider son ami. Tout cela pour faire voir jarrod ses erreurs flagrantes et les complications franches de leur assignation romantique intense. Ce sont les choses que Jarrod n'avait jamais connues auparavant ou même considérées. Sinon, il ne se serait jamais livré à une histoire d'amour irrésistible avec sa belle Angélique. « Xavier ou le roi sait tout cela? « Jean a demandé se précipiter vers le canapé pour s'asseoir à côté de Jarrod une fois de plus, maintenant peur pour le couple. Les paroles de ses amis avaient été douloureuses, mais elles étaient si vraies.

Coupant brusquement leur conversation, un cri perçant leur vint à l'oreille de la chambre d'Angélique une fois de plus. Jarrod secoua la tête tristement. Il l'a trouvée presque insupportable et il a insuffisant pour l'aider. Jarrod a mordu son articulation désirant souffrir de douleur avec elle. Jean a tiré ses mains d'amis loin de son visage en s'enquiert: « Jarrod, attendez une minute, que sait Xavier de votre liaison? Je crois que quelque chose dérange beaucoup le garçon. Et quelque chose ne va pas chez lui ces derniers temps.

J'ai entendu dire qu'il se bagarre lorsqu'il est en état d'ébriété dans les hells locaux à Verood et dans d'autres villes éloignées. Il tire ses poignards sur d'autres jeunes aristocrates. Cela se produit quand ils se disputent sur leurs mains de cartes et d'or. Mais ces altercations sont interrompues par les videurs de l'établissement qui ne permettent pas à ces combats de donner lieu à des effusions de sang ou à des duels. Parfois, il a été escorté hors des soirées en raison de son état d'ébriété terrible », lui a révélé Jean. Jarrod soupira profondément sinon fatigué de vouloir cieux, il pouvait être libre de Xavier et de ses problèmes.

Je suis allé au chalet pour visiter avec eux avant-hier soir. En m'approchant de l'entrée, je les ai entendus se disputer amèrement. Puis je l'ai entendu gifler Angélique, je l'ai déchirée dans la maison pour la trouver allongée sur le sol en saignant d'une fente dans sa lèvre. Xavier lui avait coupé la lèvre avec la bague qu'il portait. Je suis devenu sauvage le battant insensée jusqu'à ce qu'il me suppliait de ne pas le tuer quand il m'a vu dessiner mes poignards.

La gouvernante et la femme de chambre se sont agrippées en me criant de s'il vous plaît arrêter. Ils croyaient que j'étais sur le point d'assassiner Xavier. J'ai reculé seulement parce que leurs cris ont atteint mes oreilles. La résonance de leurs cris m'a fait revenir à mes sens. Xavier a fui le chalet grièvement blessé par mes coups sauvages.

J'ai entendu le bruit de son cheval galopant loin à la vitesse de rupture-cou au-dessus de la voie de gravier. Ses serviteurs sont immédiatement allés l'aider à se lever du sol. Ils l'ont habillée pour les températures froides de la nuit à la hâte parce que je les ai exhortés à terminer leur tâche rapidement. Je pensais qu'il pourrait revenir.

Le comportement brutal de Xavier envers elle ne s'était pas arrêté une fois Angélique tombée enceinte. Il pourrait penser que l'enfant est le sien ou peut-être autrement. Mais j'imagine qu'il connaît la vérité parce qu'il était absent un mois ou plus quand je l'ai eue avec un enfant. Je suis certain que sa rage s'adresse à elle parce qu'il a réglé ces faits. Et très certainement, je crois qu'il sait que je suis le père de l'enfant. Selon le protocole royal Angélique a été assisté et protégé uniquement par moi avant leur mariage. Aucun autre homme n'était impliqué dans ses soins ou sa protection.

En outre, Xavier avait une maîtresse avec qui il a eu une assignation avec pendant plusieurs années. Par conséquent, il a ignoré Angélique parce qu'il a été dans « Ledfell » avec sa barmaid séquestrée à son chalet. Il n'a vu Angélique que la veille du mariage », au château de Sherrie, Jarrod dit renfrogné, maintenant enragé par les actions méchantes de son fils. Il se souvient de cette nuit et comment il avait forcé Xavier à jurer qu'il abandonnerait sa maîtresse. Il adorait la barmaid ? Son cœur était brisé ? Cela faisait-il partie de sa violence débridée contre sa femme parce qu'il ne l'aimait jamais,tout en désirant vraiment quelqu'un d'autre? Jarrod réfléchit.

« Tout cela a été trop pour elle, Jean, a reconnu son ami. Parce qu'il avait frappé Angélique, je ne pouvais pas concevoir de la laisser seule avec lui un autre jour. J'ai dû intercéder pour sauver ma chérie. Immédiatement, la femme de ménage et sa femme de chambre l'ont aidée à se préparer à quitter le chalet. Ils l'ont habillée rapidement pour le froid cette nuit-là. Pendant qu'ils travaillaient, je me suis précipité à l'extérieur de l'écurie. Là, je l'ai attelé à la voiture que je leur avais donné. Je suis retourné au chalet, j'ai rassemblé Angélique dans mes bras en la plaçant dans la voiture, mais je l'ai emmenée au manoir en premier. «J'ai dit à Elsevier ce qui s'était passé et qu'il devait alerter le docteur Abingdon de la situation. Ensuite, ils devaient nous suivre ici jusqu'a l'un l'autre du château.

Xavier ne sait rien de ce domaine. Il est enveloppé dans le secret; Je peux vous assurer que Jean c'était sous la condition du roi Claude. Surpris, Jean regarda son ami en lui demandant : « À une condition pour laquelle Jarrod est une stratégie juridique inhabituelle. Le roi doit se méfier de Xavier en quelque sorte? « Oui, je suis certain qu'il a dû détecter la convoitise de Xavier pour l'argent et l'or », rétorqua le père des gars.

Cependant, Angélique s'est plainte d'une légère douleur et pression dans son abdomen la nuit dernière. Le médecin l'a examinée, mais il a dit qu'elle n'était pas prête à accoucher du bébé à t. Il m'a calmé en disant que je dois être patient et prier pour eux deux.

Puis ce matin, elle est entrée en travail, après que son eau se soit brisée. Nous voici donc aujourd'hui, jarrod dit ses yeux bordés de rouge de larmes cinglantes. Jean agité sur le canapé. Il secoua la tête en ressentant de la tristesse pour Jarrod et Angélique. Néanmoins, il savait sans aucun doute qu'Angélique ne pouvait plus résider chez Xavier. Par la suite, elle et l'enfant risquent la mort aux mains de Xavier à cause de son envie et de sa haine. Jean croyait que le garçon savait probablement que le bébé était celui de Jarrod depuis le début. Oh, quel gâchis chaud c'était jean pensait. Il comprenait pourquoi le garçon voulait tuer Angélique, mais son souhait comprenait-il son père?

Il y a eu un coup doux sur la porte solaire. Jean bondi à ses pieds. Il doit être notre déjeuner Jarrod. Il avait laissé Jarrod assis sur le canapé pour se reposer et recueillir ses pensées. « Votre Grâce », dit le médecin à Jean en s'inclinant devant lui. En entendant la voix du médecin Jarrod se précipita vers la porte pour les rejoindre. Dr Abingdon, s' inclina profondément devant le prince Jarrod. La disposition du médecin était lumineuse et joyeuse. « Félicitations, Votre Dieu », je suis ici pour vous informer que la princesse Angélique a accouché d'un petit garçon en bonne santé qui pèse neuf livres et il est en parfaite santé. Cependant, il est né avec une petite marque de couleur or située sur sa peau à sa colonne vertébrale inférieure. Le médecin leva la paume pour calmer le prince: « Milord ce n'est rien de plus qu'une petite marque de naissance, rien de plus », a déclaré le médecin assurant Jarrod. Merci docteur Jarrod a dit sourire, et en secouant à la fois le médecin et la main de Jean chaleureusement. Jarrod fila loin d'eux fringant devant les deux hommes les laissant seuls à l'entrée de l'énergie solaire.

Sur le chemin de la chambre Angélique pour voir son nouveau fils, il a pensé à la marque de naissance du bébé. Il était ravi. Le médecin et Jean ont échangé des sourires partageant le bonheur du prince Jarrod. « Je me souviens de ce moment passionnant, a déclaré Jean. Le médecin est parti de son plein gré avec un majordome qui l'a vu sortir. Les lèvres du Dr Abingdon se recroquevillaient dans un petit sourire alors qu'il progressait vers la sortie de la chambre. Il était satisfait de son travail médical qui s'était très bien passé en effet. Deux hommes puissants avaient gagné un fils et un petit-fils à l'intérieur de leur sphère royale familiale d'élite. Ces enfants porteraient bien leurs titres royaux de commandement qu'il ressentait après avoir rencontré le père et le grand-père des enfants.

Le médecin prit les rênes de sa vieille jument pour sortir du parc des châteaux. Jusqu'à la prochaine fois où il serait appelé une fois de plus à accoucher d'un autre enfant royal pour ces deux rois. Il bâtissait lentement sa réputation qui finirait par aider sa famille.

Jean ferma la porte solaire derrière le médecin, maintenant il pouvait penser clairement avec Jarrod parti ainsi. Il a dû passer la cheminée pour atteindre le bar. Il a attisé le feu en faisant scinter les flammes plus haut. Il est allé prendre un verre au bar dont il avait cruellement besoin tout à l'heure. Jean soupira en pensant joyeusement à Jarrod, Angélique et à leur bébé. Jean se versa un double brandy en sachant que cela aiderait à lui vider l'esprit. Il avait besoin de temps pour contempler tout ce que son ami lui avait divulgué en toute confiance. En fait, il aurait besoin de beaucoup de temps pour régler le dilemme de son ami. Jean avait besoin d'arriver à une résolution pour Jarrod et Angélique afin qu'ils puissent être ensemble. Néanmoins, l'avenue qu'ils pourraient être forcés de parcourir allait être ambiguë, sinon dangereuse. Surtout, quand il s'agit des lois du royaume, le parlement et les locataires de l'église. Et enfin Xavier, présentant un portrait d'être le mari blessé et trompé,que le royaume observerait avec une pitié intense.

Jarrod se composa avant d'entrer dans la chambre d'Angélique. Il s'approcha de son lit où elle berce leur fils dans ses bras. Les huit servantes et ses quatre dames d'honneur lui ont fait une rafale. Puis tous les présents ont quitté la salle en fermant la porte tranquillement laissant les trois seuls. Le cœur de Jarrod flottait dans sa poitrine alors qu'il prenait à la vue de son fils et de sa belle mère. Il s'inclina magnifiquement devant eux d'une superbe manière royale. « Viens ma chérie voir ton splendide fils , murmura Angélique à Jarrod. Il ne pouvait pas croire ses yeux. Quand il a regardé vers le bas, il a vu que le bébé était beau et si doux. Il s'assit sur le lit, pour bercer son fils dans ses bras. Jarrod embrassa légèrement le front du bébé. Angélique ne pouvait rayonner sur les deux d'entre eux. Il a fait son cœur chaud en voyant son amant fort tenant son petit fils, maintenant parler au bébé. Enfin, elle a finalement su ce que cela signifiait d'être une mère et d'aimer un homme qui l'aimait vraiment en retour. La joie qu'il avait affichée après avoir vu son fils nouveau-né pour la première fois a fait monter son cœur. « Il est divin, Angélique et je t'aime tous les deux de mon âme », lui murmura Jarrod avant que ses lèvres ne la s'adonent à la sœur. Le bébé s'agitait d'être étroitement encerclé dans leurs bras comme ils s'étaient embrassés, Jarrod se retira. « Je suis submergé par la joie, Jarrod lui dit en souriant, brillamment.